Library of Congress Cataloging-in-Publication Data
Emery, Nedra
 Jí dóó Tłéé= Day and Night / by Nedra Emery;
illustrated by Verna Clinton
      p. cm.
      English and Navajo
      Summary; In this bilingual Navajo tale, the animals of the night and the animals of the day meet to play the first shoe game, the outcome of which will determine the length of the day and night and the colors of the animals.
ISBN 0-9644189-2-4 (cloth; alk. paper). — ISBN 0-9644189-3-2 (paper; alk. paper).

  [1 Navajo Indians — Folklore. 2. Navajo language — Texts — Juvenile literature. 1. Navajo Indians — Folklore. 2. Indians of North America — Southwest, New — Folklore. 3. Folklore — Southwest, New. 4. Day — Folklore. 5. Night — Folklore. 6. Animals — Folklore. 7. Navajo language materials — Bilingual.] I. Clinton, Verna, ill.
II. Title
E99.N3-48 1996
398.2'089972—dc20—dc20
398.2]

                          96-41446
                            CIP
                                AC

ISBN (cloth) 0-9644189-2-4

      07 06 05 04 03   14 13 12 11 10 9 8 7 6 5 4
First Edition, 1996
Second Edition, 2003

The paper used in this publication meets the minimum requirement of the American Naational Standard for Information Sciences—Permanence of Paper for Printed Library Materials, ANSI Z39.48-1984.

Materials reprinted from "A Survey of Navajo Nursery Tales and Songs Written in Navajo with English Interpretations" p. 5-10 Master's thesis Arizona State College, Flagstaff, 1955.

Printed in Hong Kong

Dedicated to Perry Cadman, storyteller and recorder

Ałk'idą́ą́' naaldlooshii dóó naat'agii tł'éé' naaldeehii áádóó jį naaldeehii t'éiyá keehat'į́į́ nít'éé' jiní. Łah hoolzhishgo ahíikai t'áá daats'í áłahíjį̱' adinídíín dooleeł, doodago daats'í áłahjį̱' tł'éé' dooleeł haníigo baa ahí'iidee'.

Long ago when only animals lived upon the earth, all the birds and animals that stayed awake and moved about at night met with all the birds and animals that stayed awake and moved about in the day. They had called a great meeting to decide whether the earth should have day all the time or night all the time.

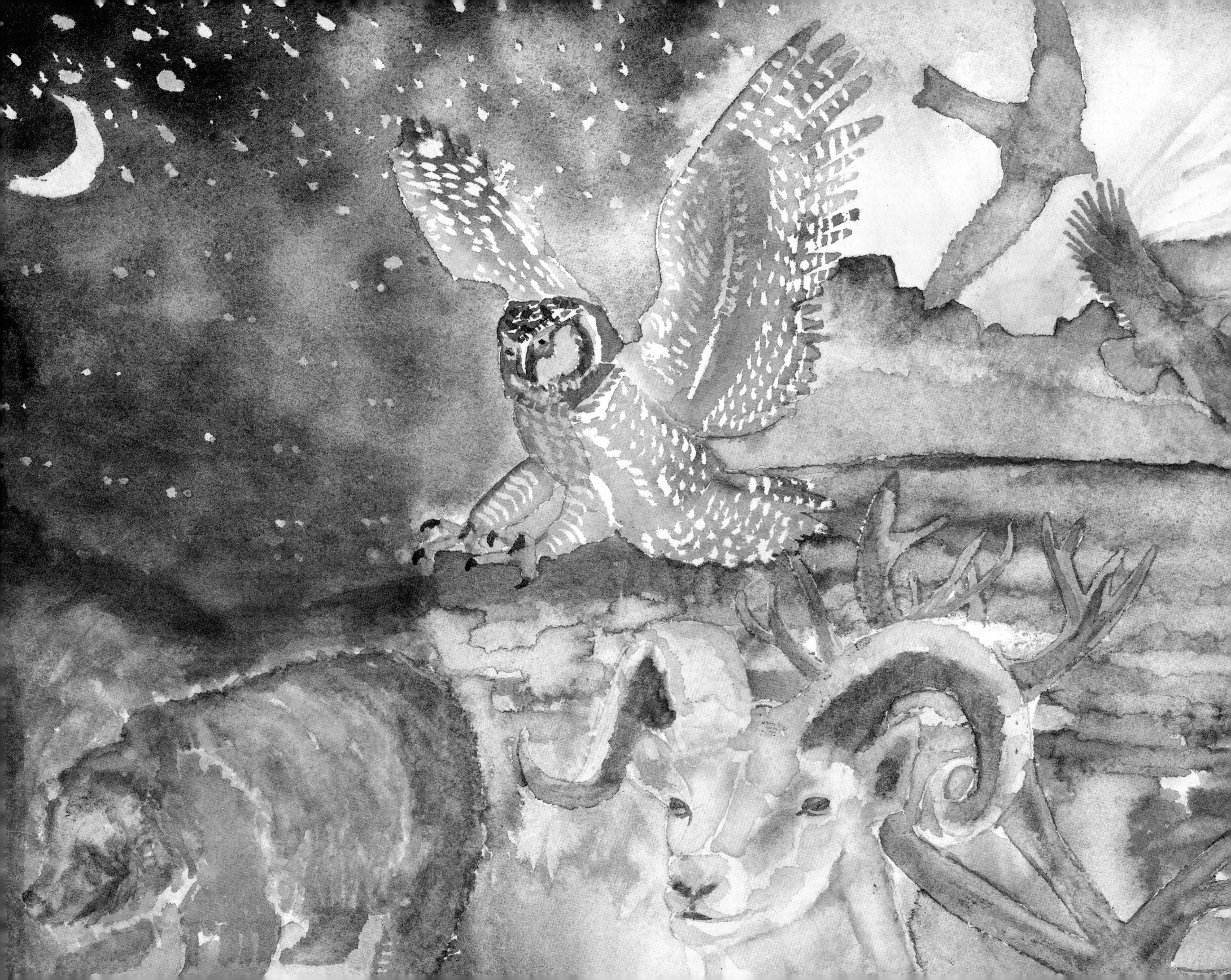

Naaldlooshii dóó naat'agii ahíikaigo yaa yádááłti'go yee ałgha' deet'á, ké nidoojah dadííniid. Tł'éé' naaldeehii ił nideiz'ą́ą́go éí hool'áágóó tł'éé' dooleeł. Jí naaldeehii ił nideiz'ą́ą́go éí hool'áágóó adinídíín dooleeł.

The animals talked together and agreed to have a moccasin game. If the animals that lived in the night won, there would be nothing but nighttime forever. If the animals that lived in the day won, there would be nothing but daytime forever.

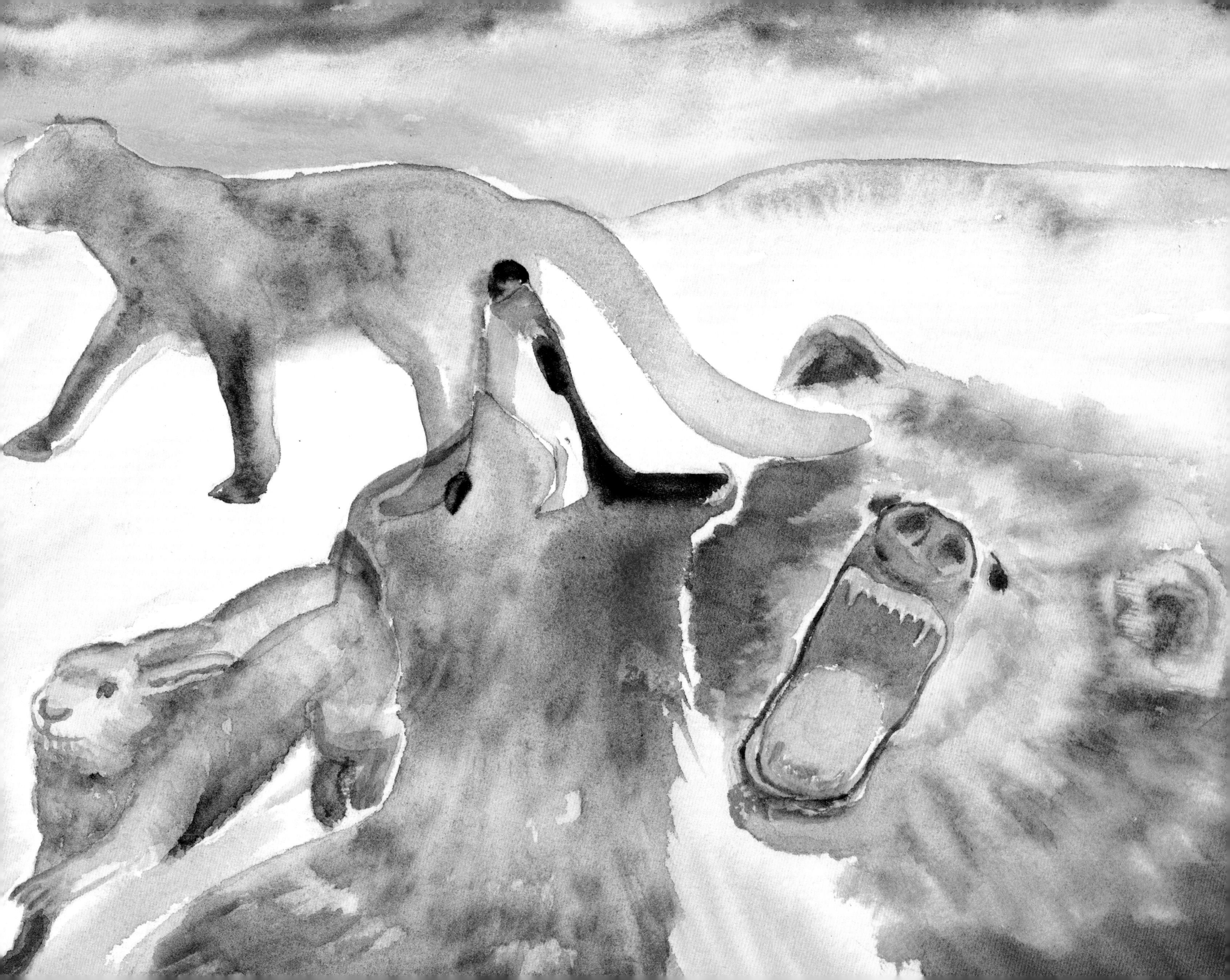

Naaldlooshii dóó naat'agii kélchí deideest'I'. Łahdéé'
tóláshtóshí kélchí bíchįįhdi nídazhdił'įįh. Áádóó
łahdéé' éí kélchí biyi' góne' tólashtóshí hadazhdínítááh.
Kót'éego díkwíidi shįį tó ná'oot'ą.

The animals put the moccasins in a row. One side would
hide a yucca ball in the toe of one of the moccasins. The
other side would guess which moccasin had the ball in
it. The yucca ball was hidden many times.

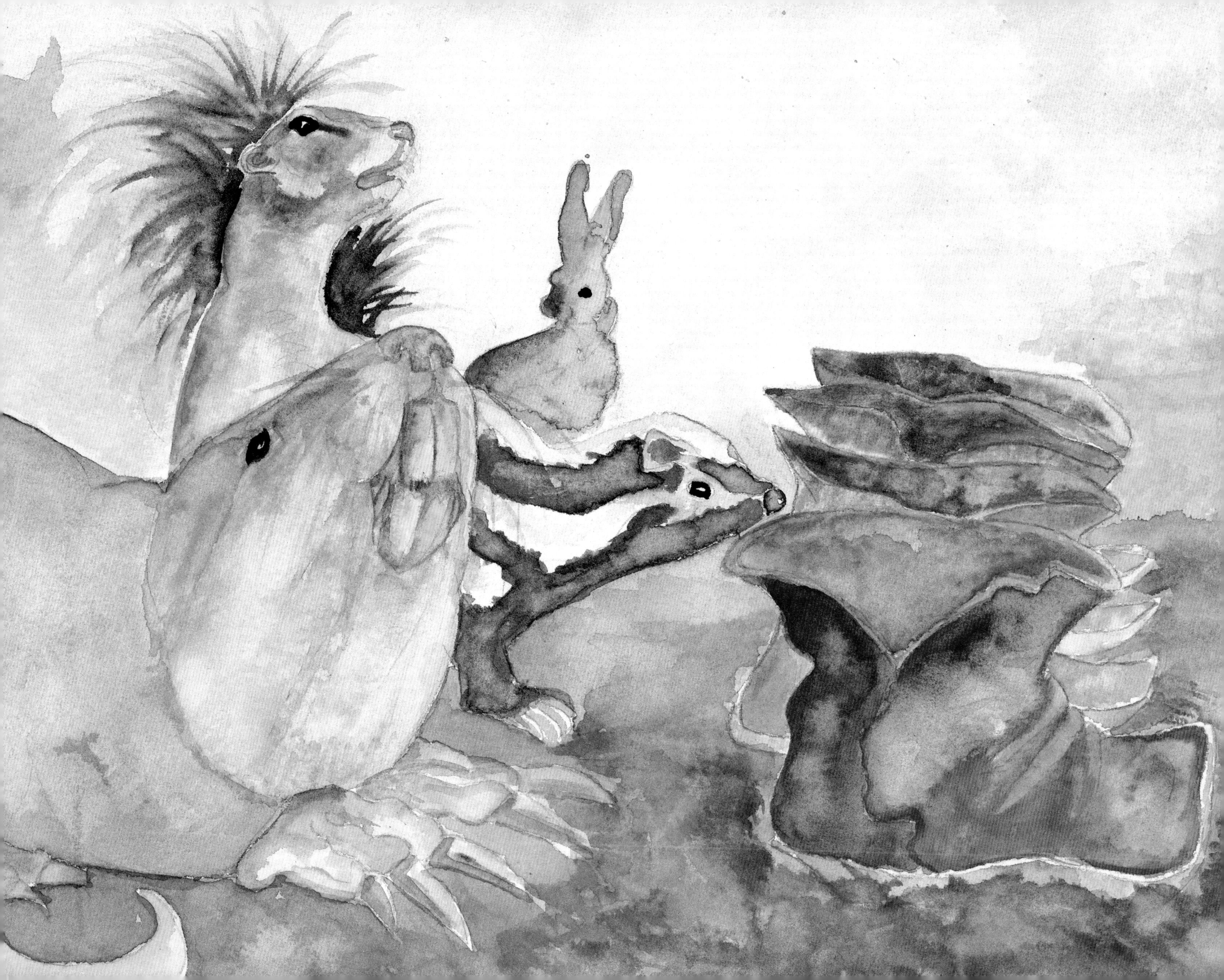

Honáásdóó doo deeghánígóó iyííłką́. T'áadoo ła' dahoniłnéhé.

The game went on far into the night. Still, neither side won.

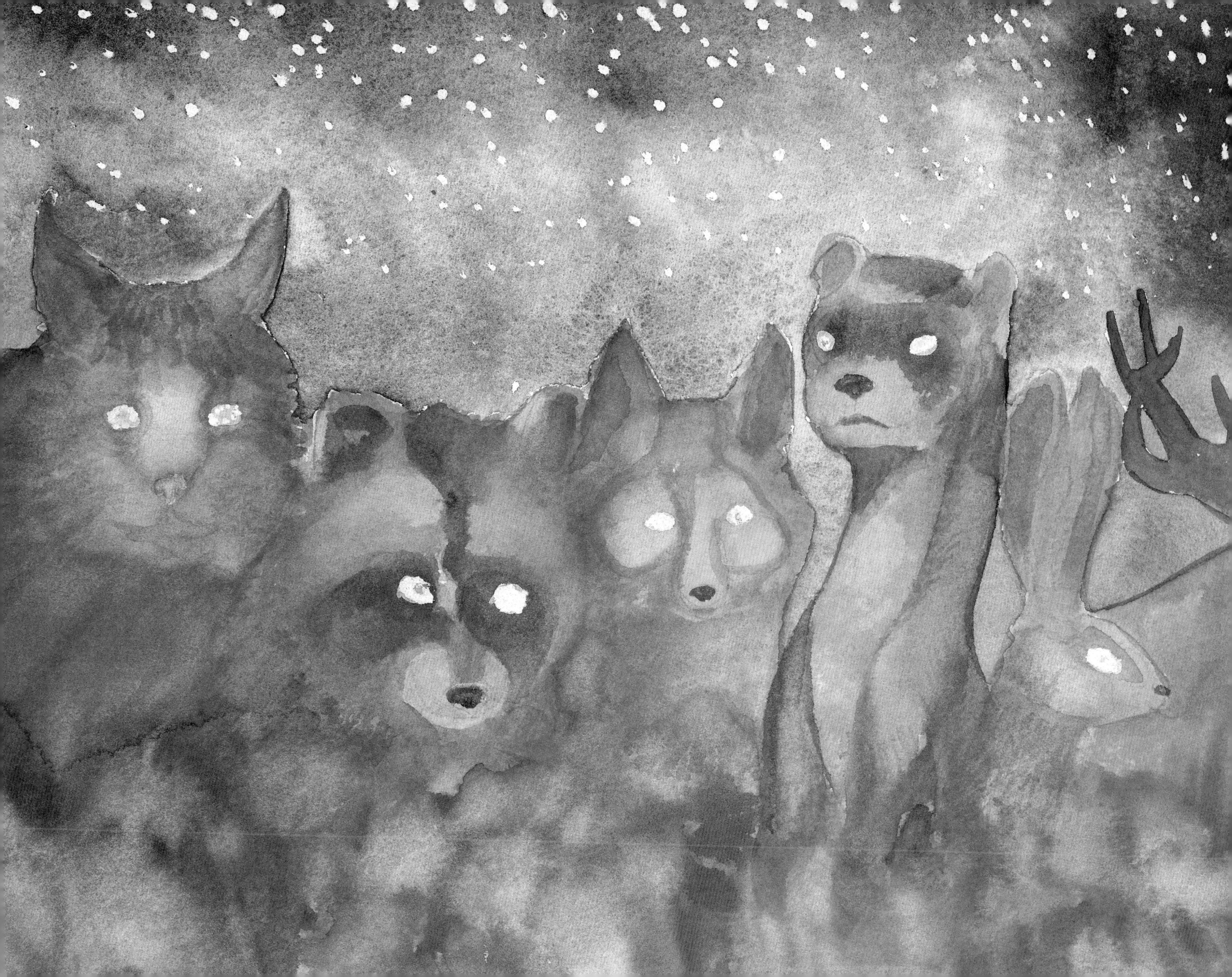

Ákone' tónínáá'dootsiłii éí na'azísí baa nááhoolzhiizh, nít'éé' ch'ééh ninááneeztą́ą́'. Jį́ naaldeehii t'áá' ałtso yéego yaa dabíni'.

It was the Gopher's turn to find the yucca ball, but he could not find it. All the animals on the day team were very worried.

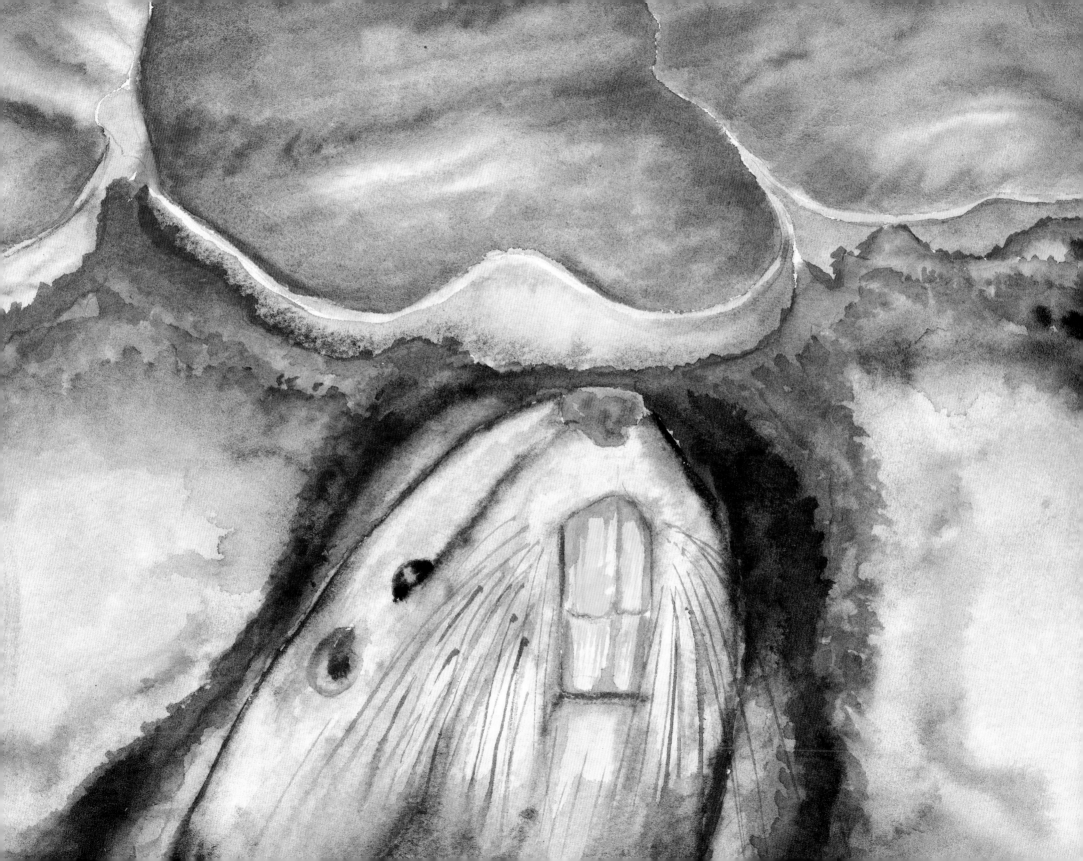

Naaldlooshii dóó naat'agii jį́ naaldeehii yaa nínáádaast'įįd dóó ádadííniid Yé'iitsoh łą́ą́ ayóo aniih. Ye'iitsoh ákǫ́ǫ́ anáʼho'dool'a' tóláshtóshí nízhdoo'áál biniiyé.

The animals of the day talked together and decided that Giant was a good guesser. They sent him to find the yucca ball.

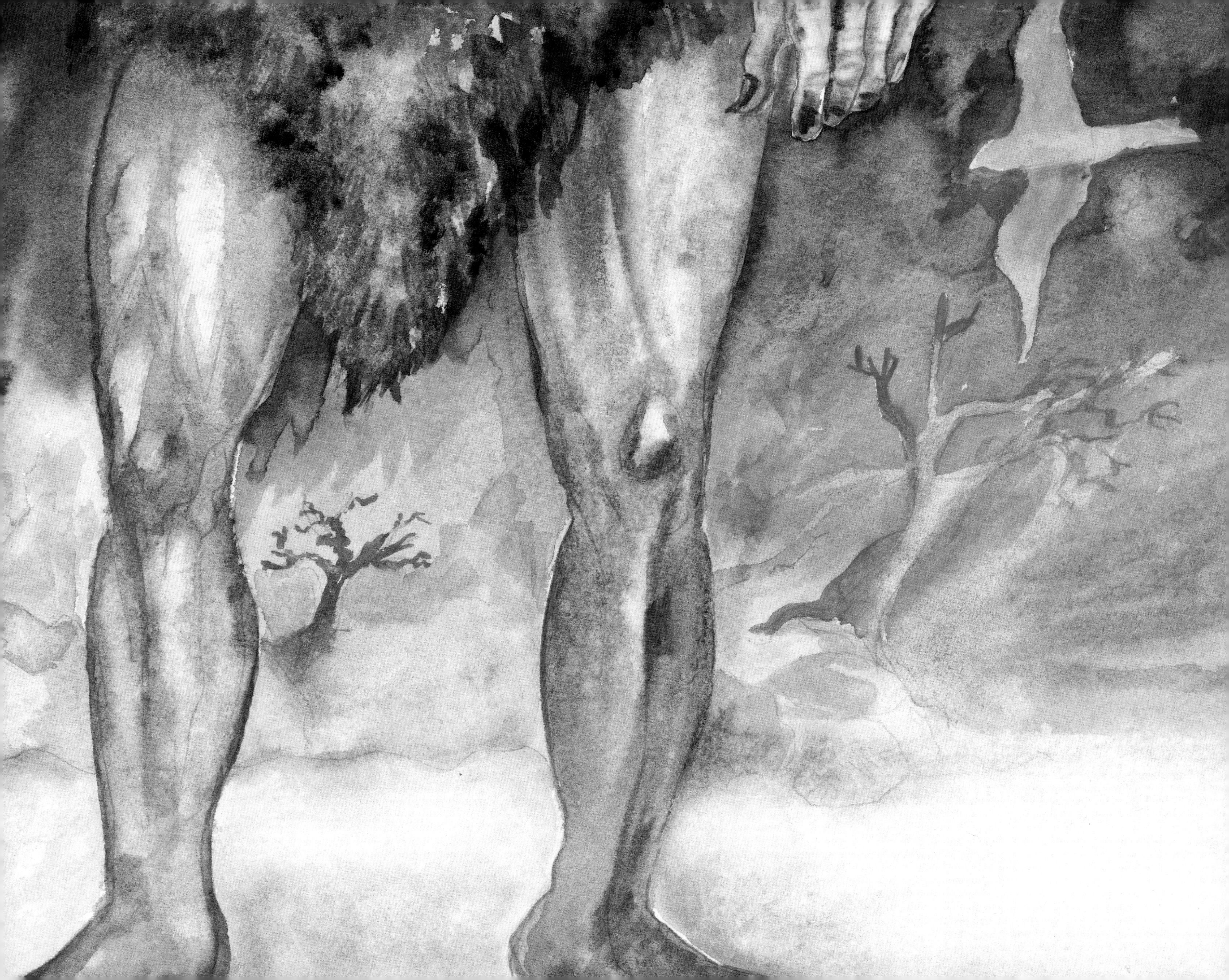

Ye'iitsoh t'óó yik'ee bił hóyéé'. Tóláshtóshí
haidínóotaałii doo íinízin da. Ye'iitsoh t'óó
izh'niicha. Naaldlooshii dóó naat'agii jį́ naaldeehii
Ye'iitsoh yída'díł'a'go hada'deez'ą́.

Giant was afraid. He didn't want to go look for the
yucca ball. He started to cry. The animals and birds
on the daytime team sang a song to help Giant find
the ball.

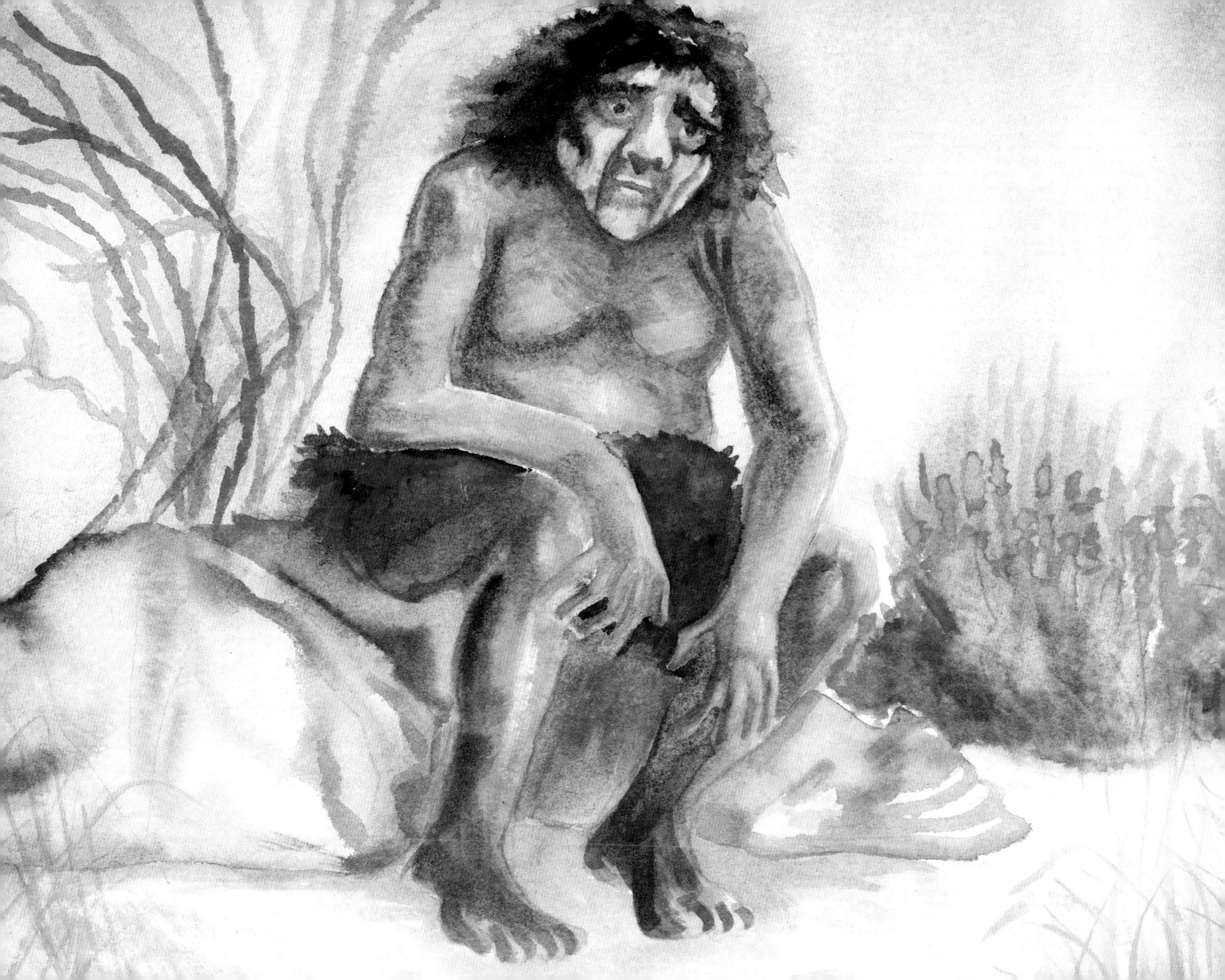

Díídí sin Ye'iitsoh bá hadoot'ą:
    Ye'iitsoh jiní náá léi',
    Yé'ii Yé'ii chaał azditsił
    Ye'iitsoh jiní náá léi',
    Yé'ii Yé'ii chaał azditsił
    Shá ninánóh'aah jiníigo chaał azditsił yaa éí yaa.

This is the song they sang:
    Giant is crying,
    Giant is crying,
    He can't find the ball.
    Giant is crying,
    Please put the ball where it belongs,
    Please put the ball where it belongs,
    So Giant can find it.

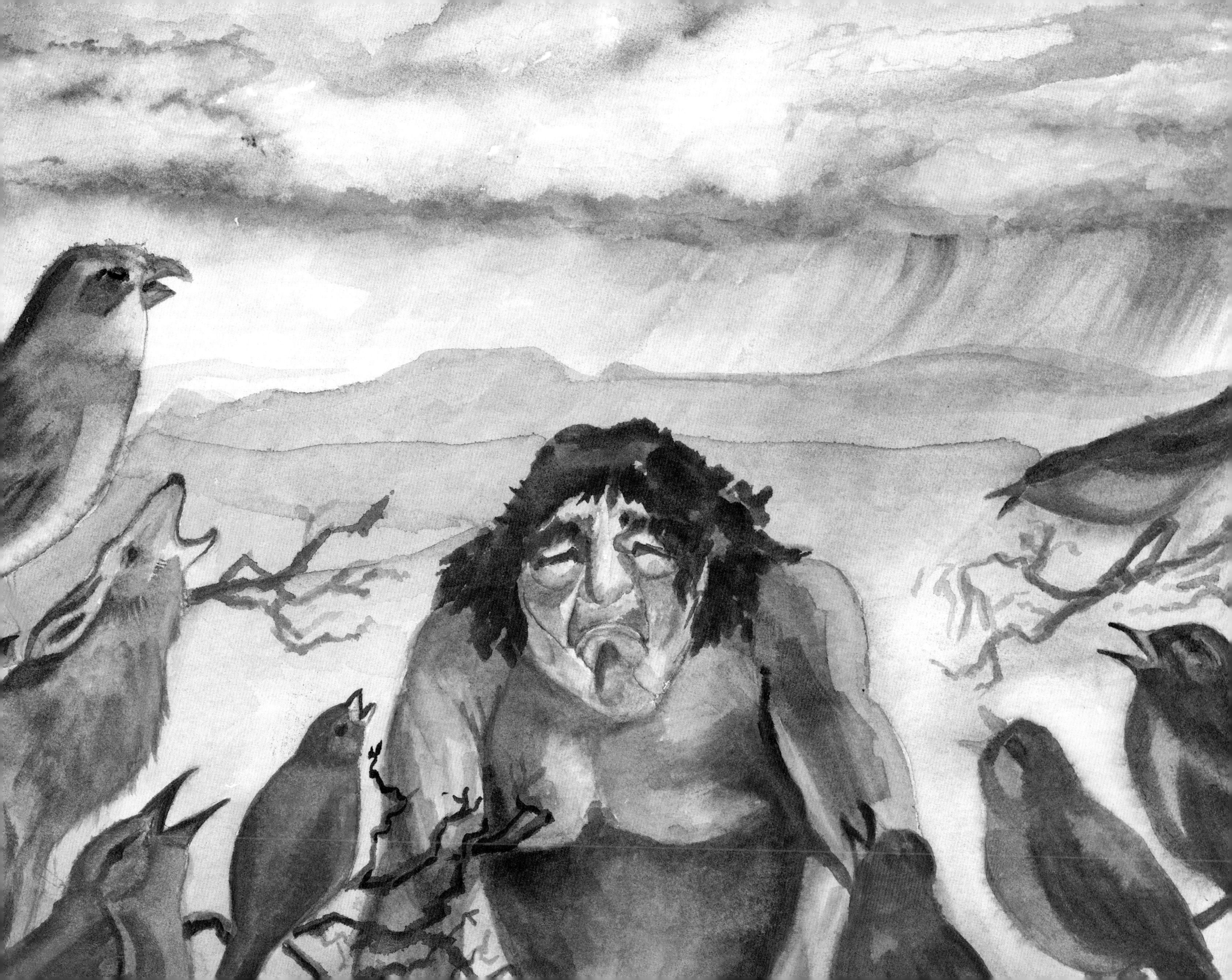

Ákót'ée nidi Yé'iitsoh ch'ééh nazneestą́ą́'.
Naaldlooshii dóó naat'agii jį́ naadeehii
t'áá tsį́į́łgo hat'éego da ádadiilnííł áko doo
nihaahodínóonéeł da.

But still Giant couldn't find the ball. The animals
of the day knew they must do something soon or
they would surely lose the game.

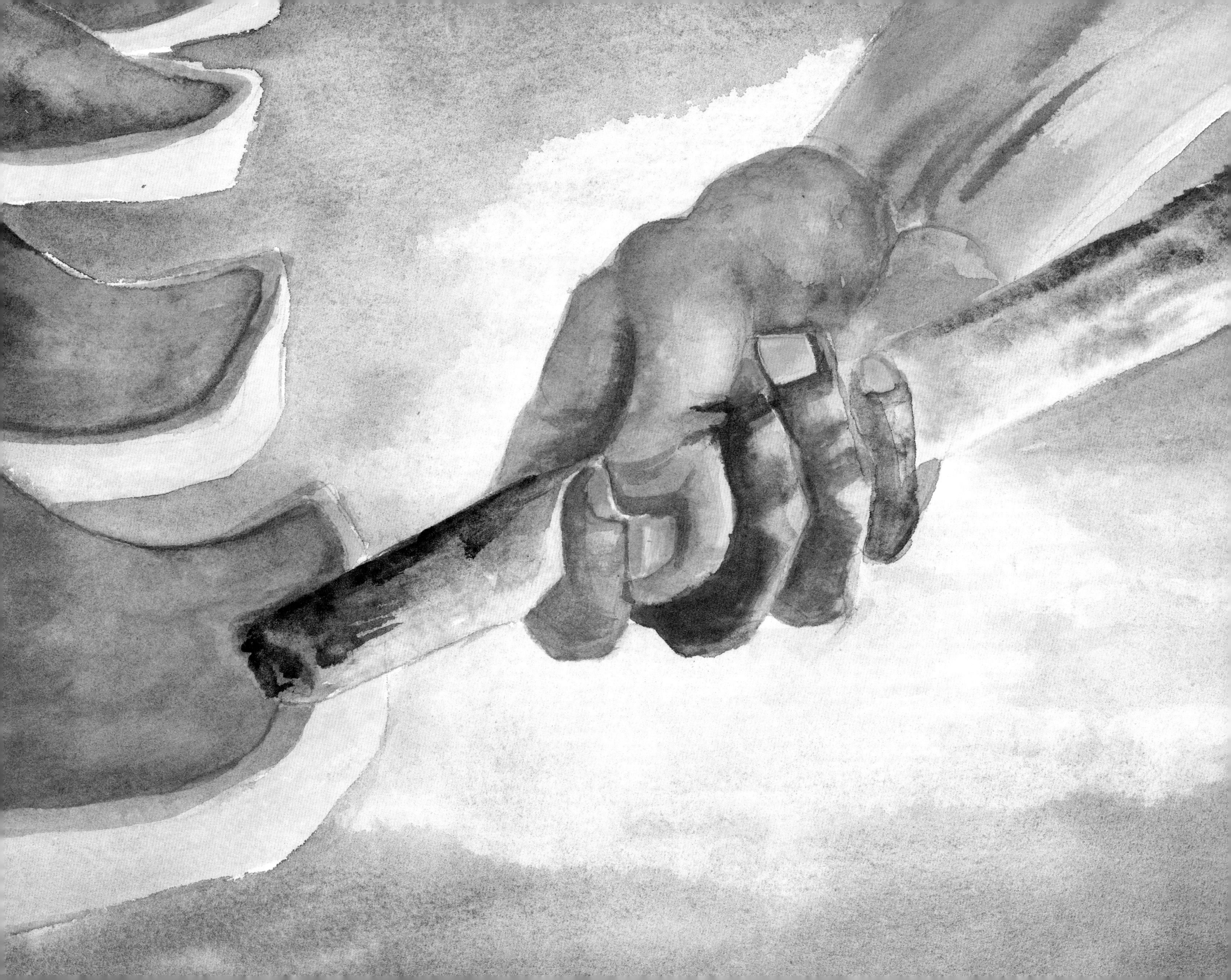

Na'azísí ání ádooníligi át'éego shił bééhózin.
Naaldlooshii dóó naat'agii na'azísí hoodeez'ánígíí
dayíists'ą́ą́' dóó t'áá' áko ákónílééh deidííniid.
Na'azísí łe'íígeed níléí kelchí áłtsé siláhą́ą́jį' dóó
bitł'áádę́ę́' yighai nígháázh.

Gopher said he had a plan. The animals listened
to Gopher's plan and told him to go ahead with
it. Gopher dug a path under the ground until he
came to the first moccasin, and then he chewed a
hole in the toe of the moccasin.

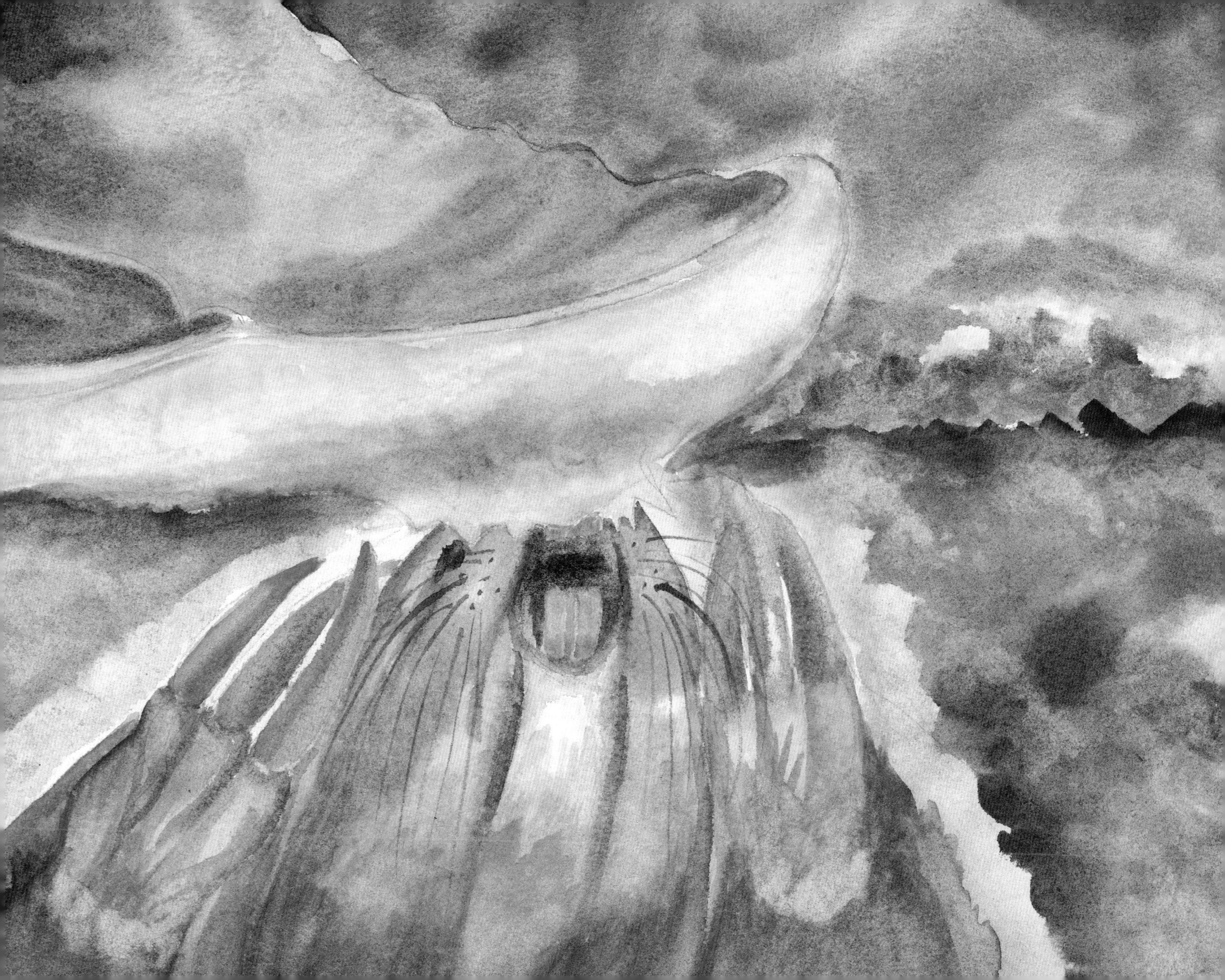

Nít'éé' tóláshtóshí doo bii' si'ą́ą́ da.

The ball wasn't in that moccasin.

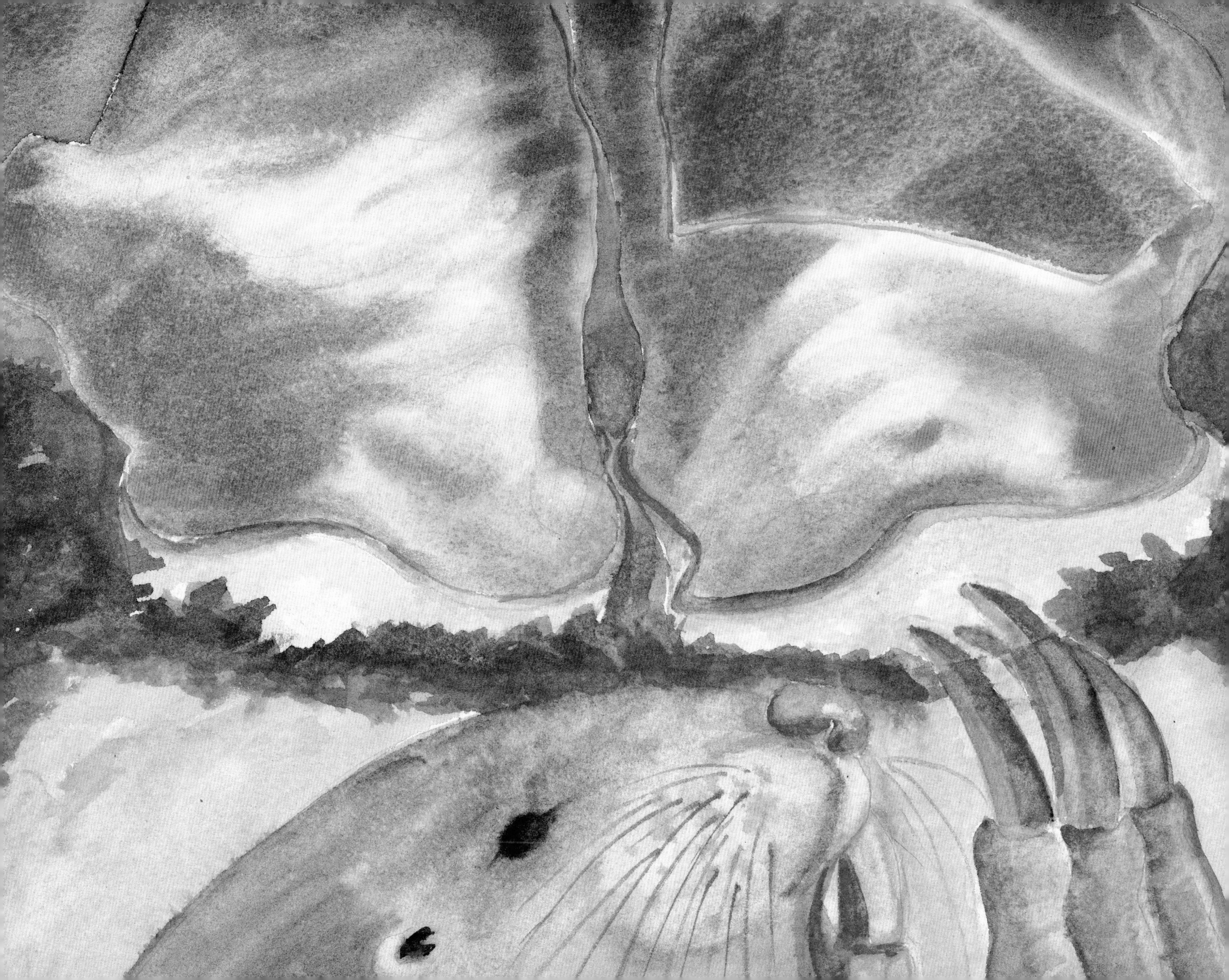

Na'azísí ałtso yitah tá'díígeed yigha deigháazhgo t'áá' át'é bii' ádaadin.

Gopher continued digging paths to the moccasins and chewing holes in the toes of all the moccasins.

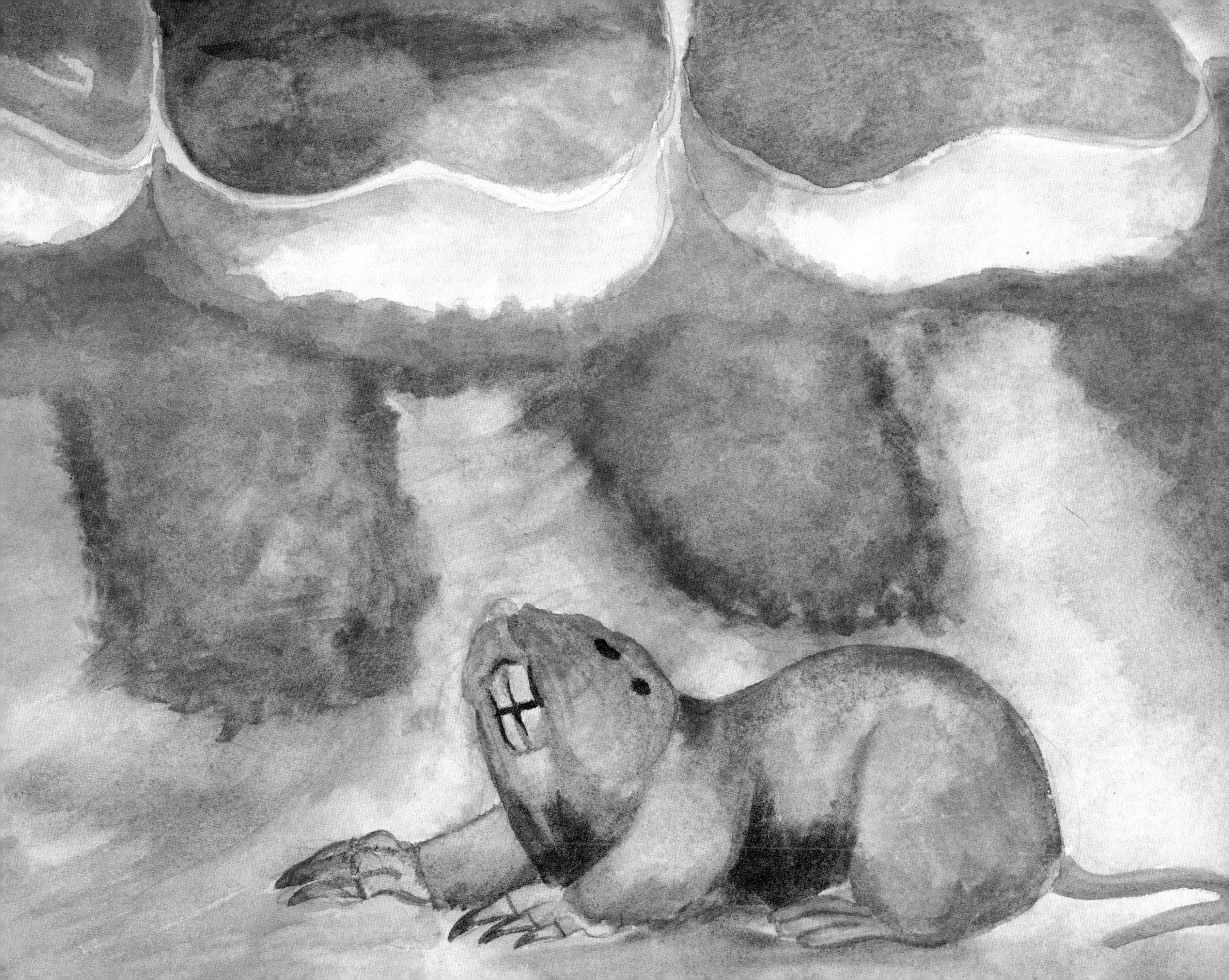

Tólásht'óshí doo kélchí ła' bii' si'ą́ą́ da.

The ball wasn't in any of the moccasins.

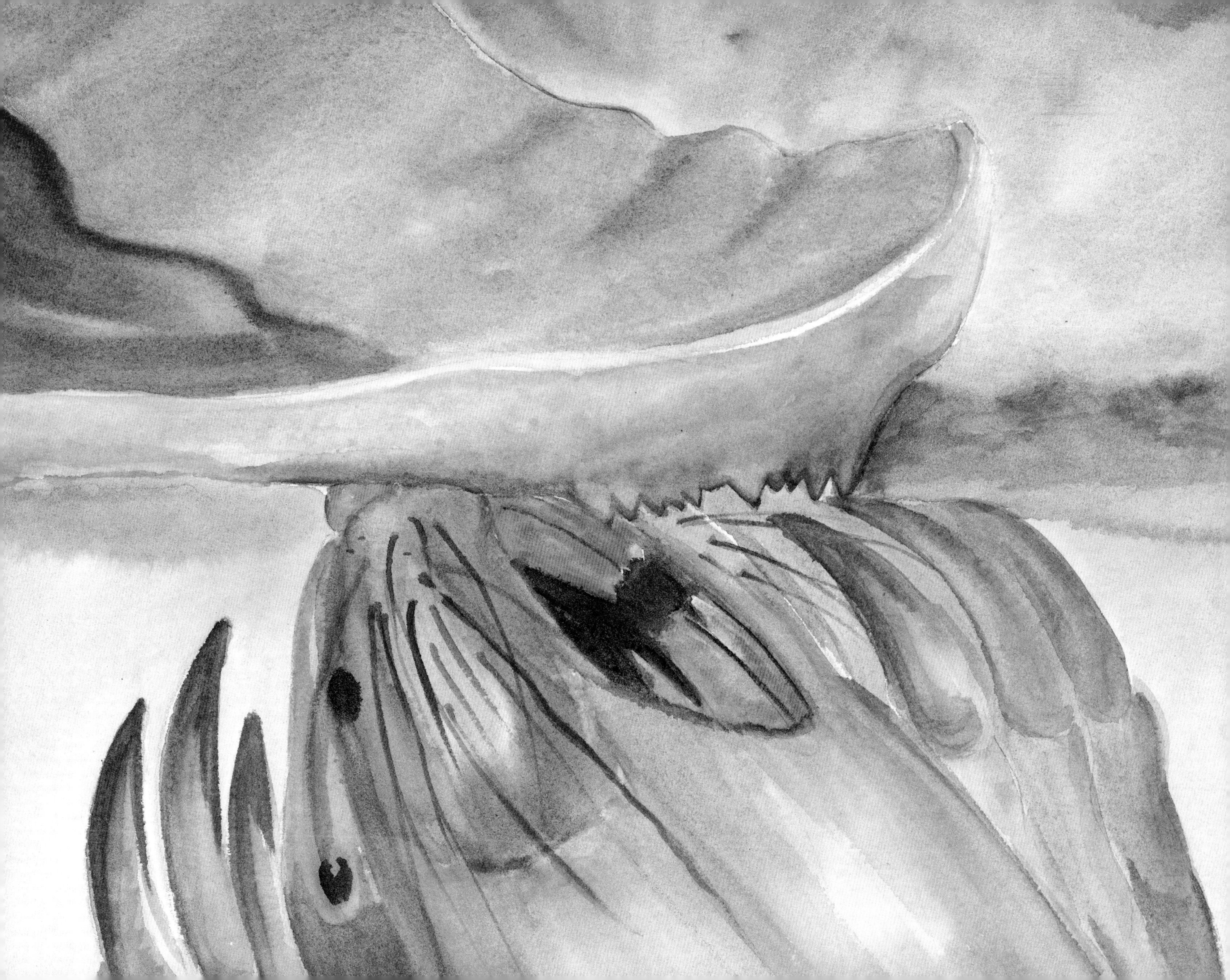

Na'azísí bił bééhoozin naaldooshii dóó naat'agii tł'éé' naaldeehii ga' jį́ naaldeehii yida'dileeh lá niizį́į́'. T'áá' át'é tł'éé' naaldeehii yitah déé'į́į' háadilá tóláshtóshíyę́ę si'ą́ą lá nízingo. Né'éshjaasání tsin yą́ąh dasidáago yinééł'į́į'. Tóláshtóshíyę́ę dah yoo'áałgo yiyiiłtsą́.

Gopher knew now that the night animals were trying to trick the day animals. He looked all around at the night animals to see if he could find where the ball was hidden. He looked at Old Owl sitting up in a tree. He saw the ball in Old Owl's claw.

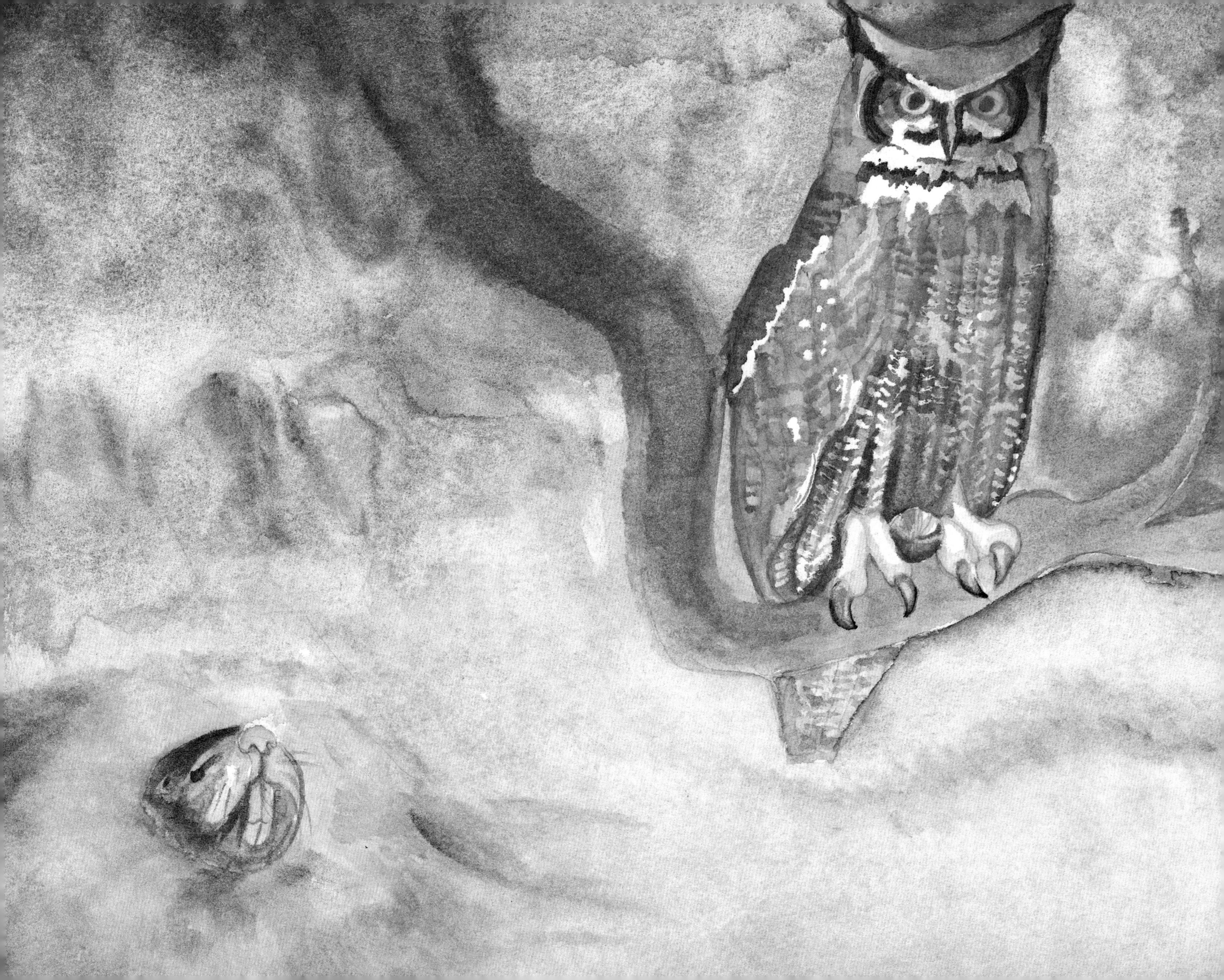

Na'azísí honeetehída t'áá' Yé'iitsoh yaa nálwod dóó íiłní tóláshtóshí Né'éshjaasání dah yoo'ááł. Ye'iitsoh náá'deetséél kéhęę t'áadoo yeinít'įįdí t'ááłáhí Né'éshjaasání yílá' yił tsideeshaal. Tóláshtóshíyęę haaltáál áádęę'.

Gopher hurried up back to Giant and told him the ball was in Old Owl's claws. Giant went to find the ball. He didn't even stop where the moccasins were. He went right up to Old Owl and hit his claw. The ball fell out.

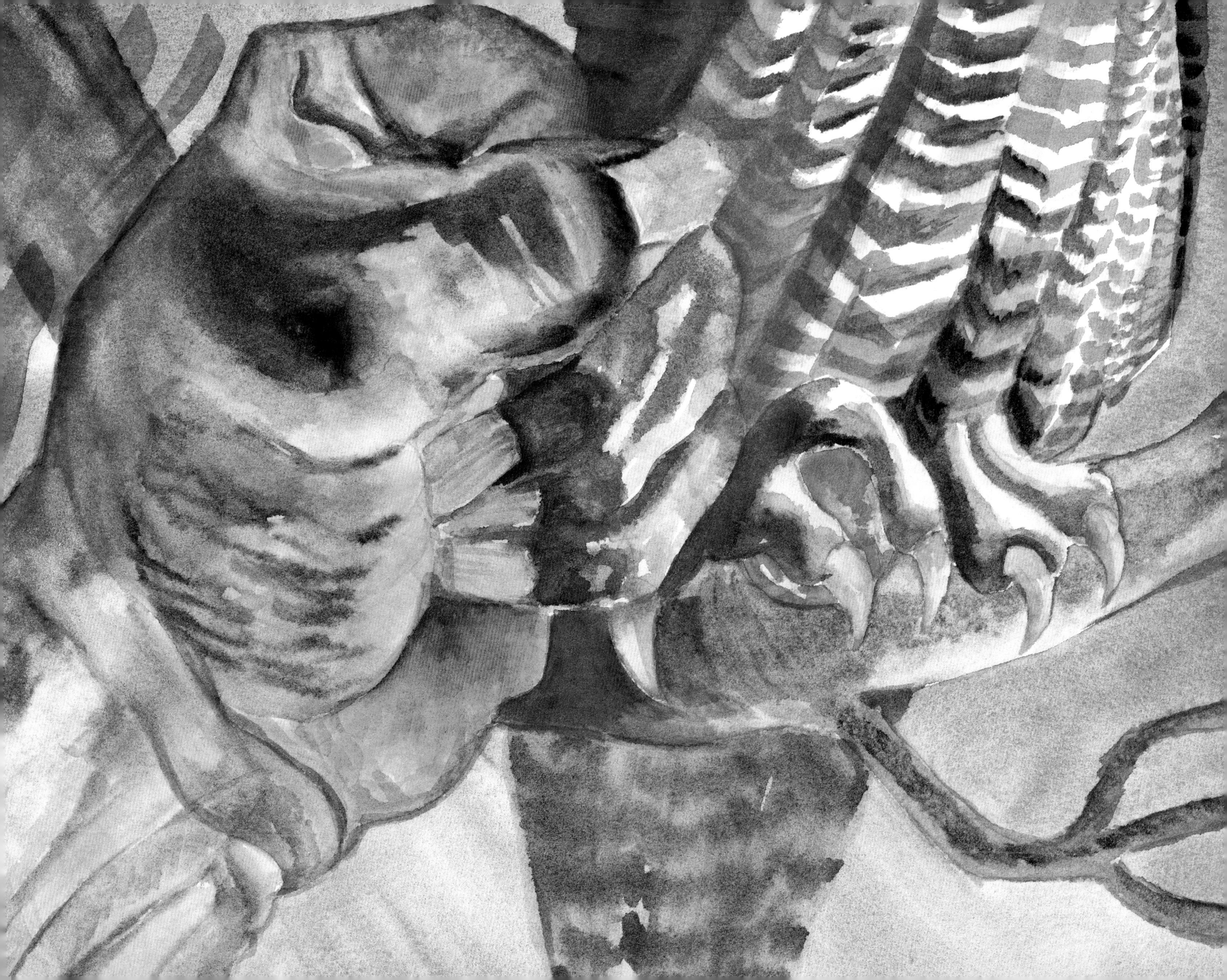

Tł'éé' naaldeehii yik'ee bádahchį' bida'didleehę́ę́ bééhoozingo.

The night animals were very angry because their trick had been discovered.

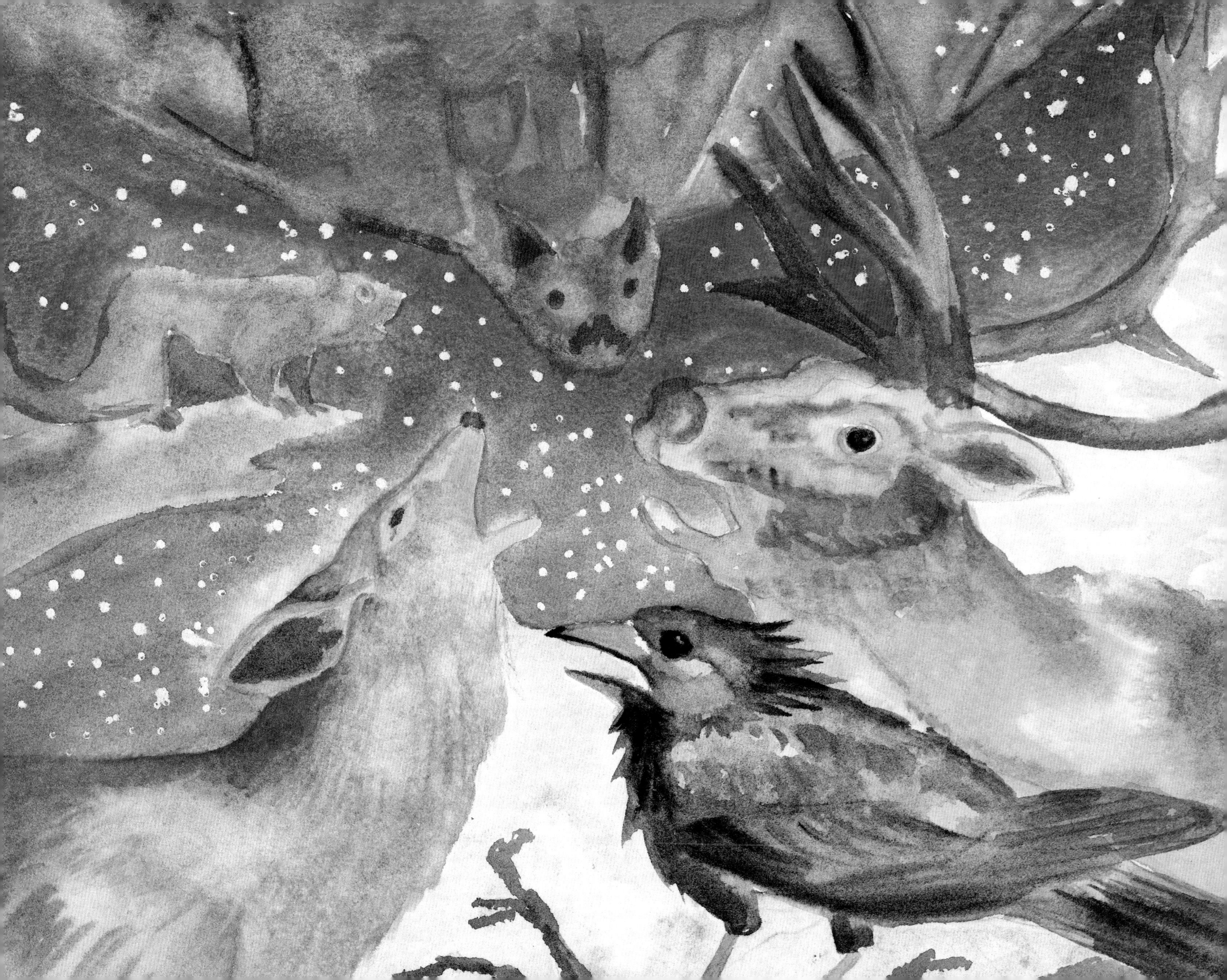

Naaldlooshii dóó naat'a'gii ałtso ádadidleesh-go yaa nídiikai éí hool'áágóó bee béédahózin dooleeł biiniiyé.

Now all the animals and birds began to paint themselves as they would be known from that time on.

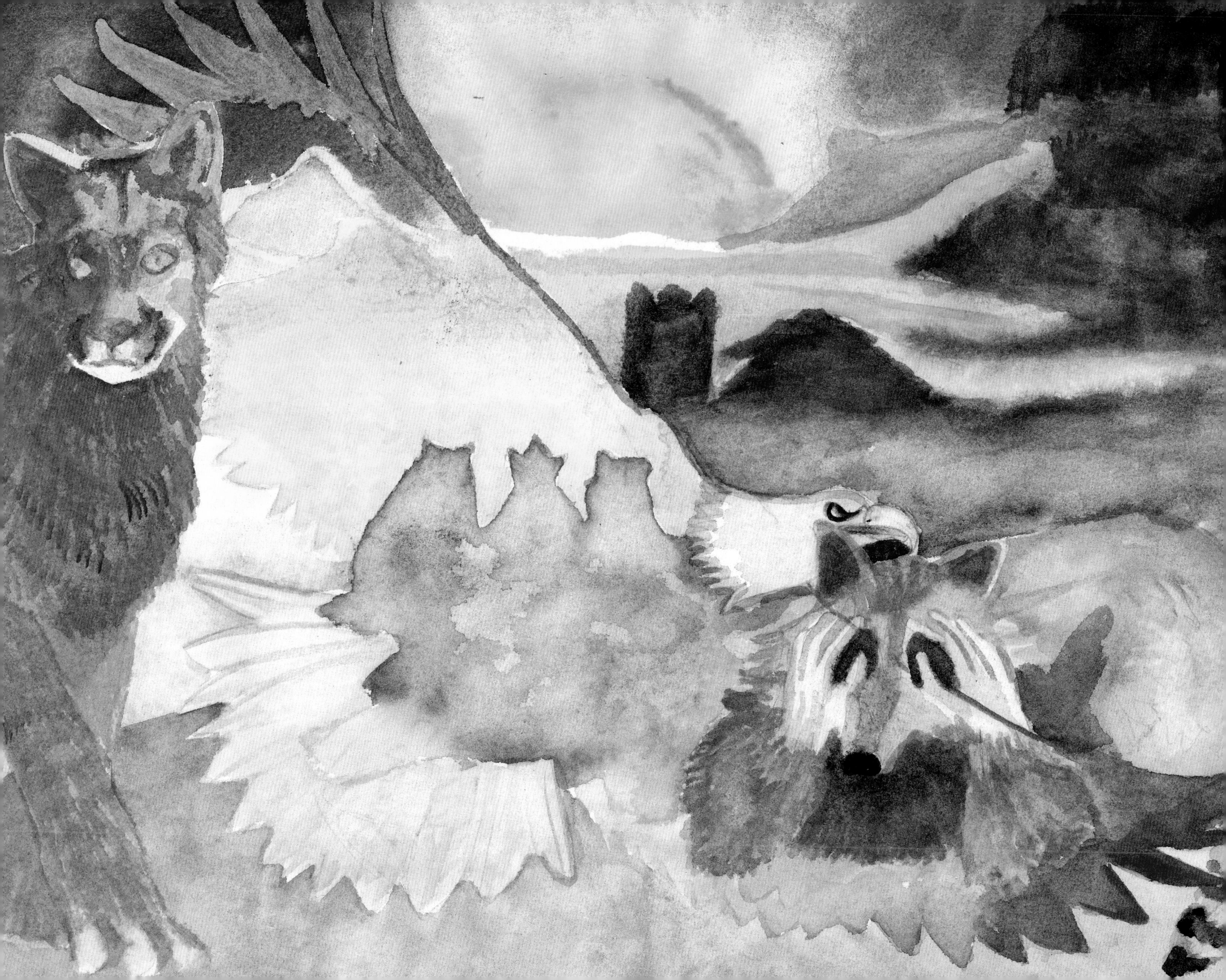

Naat'agii ts'ídá na'ashchą́ą' bindahį́néedzáanii bee nida'ázhdeeshch'ą́ą'. Naaldlooshi dó' nida'ázhdeeshch'ą́ą'. T'ááhazhó'ó shash dóó gáagii t'éiyá haahoyoos'nah. Éí ajiłhoshgo biniinaa.

The birds chose the most beautiful colors. All the other animals chose colors as well, and painted themselves — all except Bear and Crow. They were asleep.

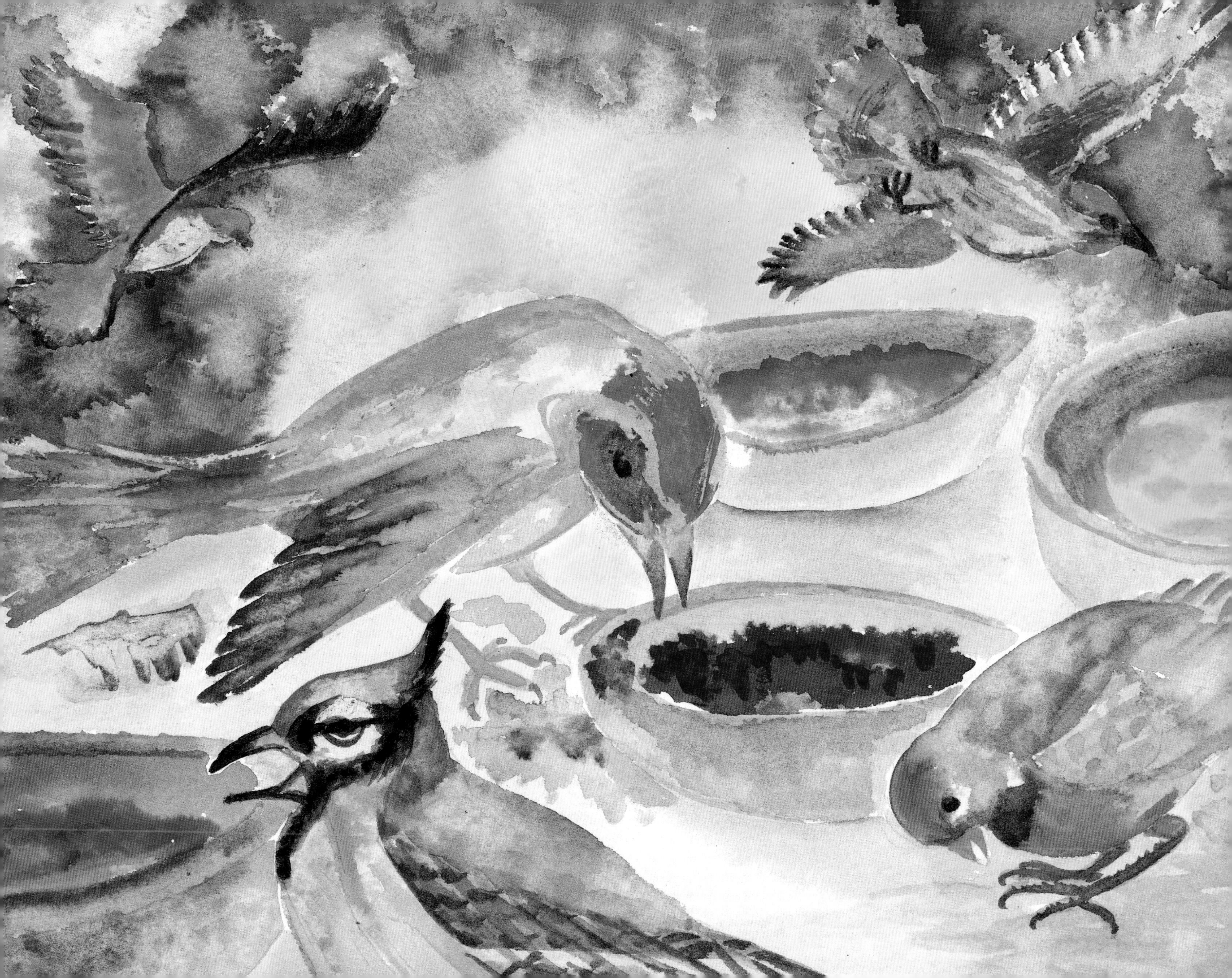

Shash dóó gáagii ch'énádzid nít'éé' t'eesh t'éí yidziih lá'. Áádóó yee ádeesht'éézh éí biniinaa dííjíįdi t'óó łizhin.

When Bear and Crow awakened, all the paint was gone except charcoal. Bear and Crow are black to this day.

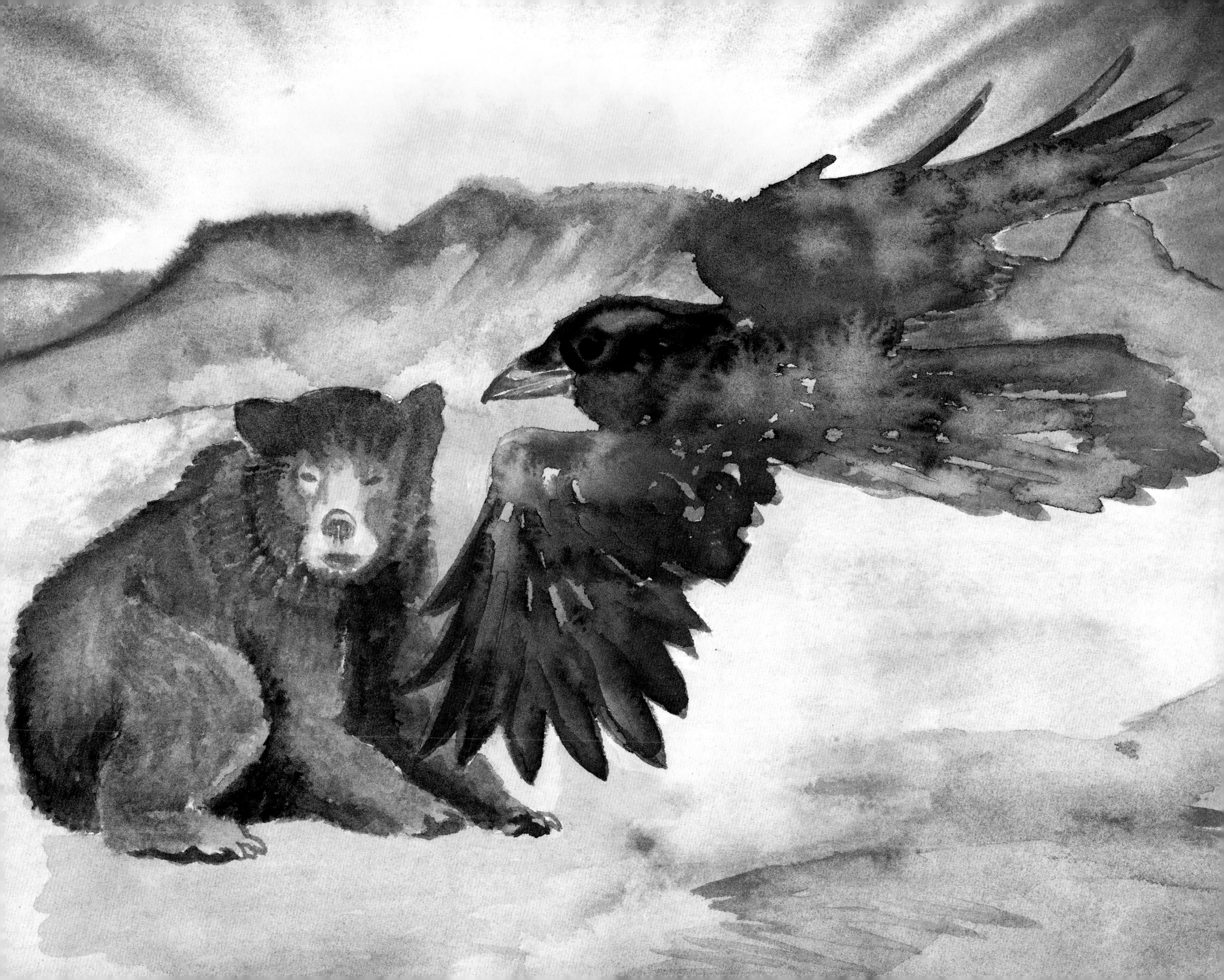

Naaldlooshii dóó naat'agii shash dóó gáagii yich'į' hashké daniidzįį'go biniinaa t'óó níláá bi'doo'niid. Gáagii éí t'óó dashdii't'a' nááná shash éí t'óó tsįįłgo kééjíí'eez. Tsįįł jizlįį'go biniinaa kééhooshch'į'go kééjíí'eez lá'. Éí biniinaa shash bikee' ałtsąąjigo dah digizgo nabikée' łeh.

Díí hane' naaldooshii dóó naat'agii jį́įgo naaldeehii dóó tł'ée'go naaldeehii ałtsé ké nideishjéé'. Áko t'áadoo honeeznáa da, áko dííjį́įdi éí jį́ dóó tł'éé' bee nihił hoolzhish.

The other animals were angry with Bear and Crow and told them to go away at once. Crow flew away and Bear hurried to put on his moccasins. In his haste, he put his moccasins on the wrong feet. For this reason, Bear's tracks look like his feet are on the wrong side.

This story is how the day and night animals took part in the first shoe game. Neither side won, so today we have both day and night.

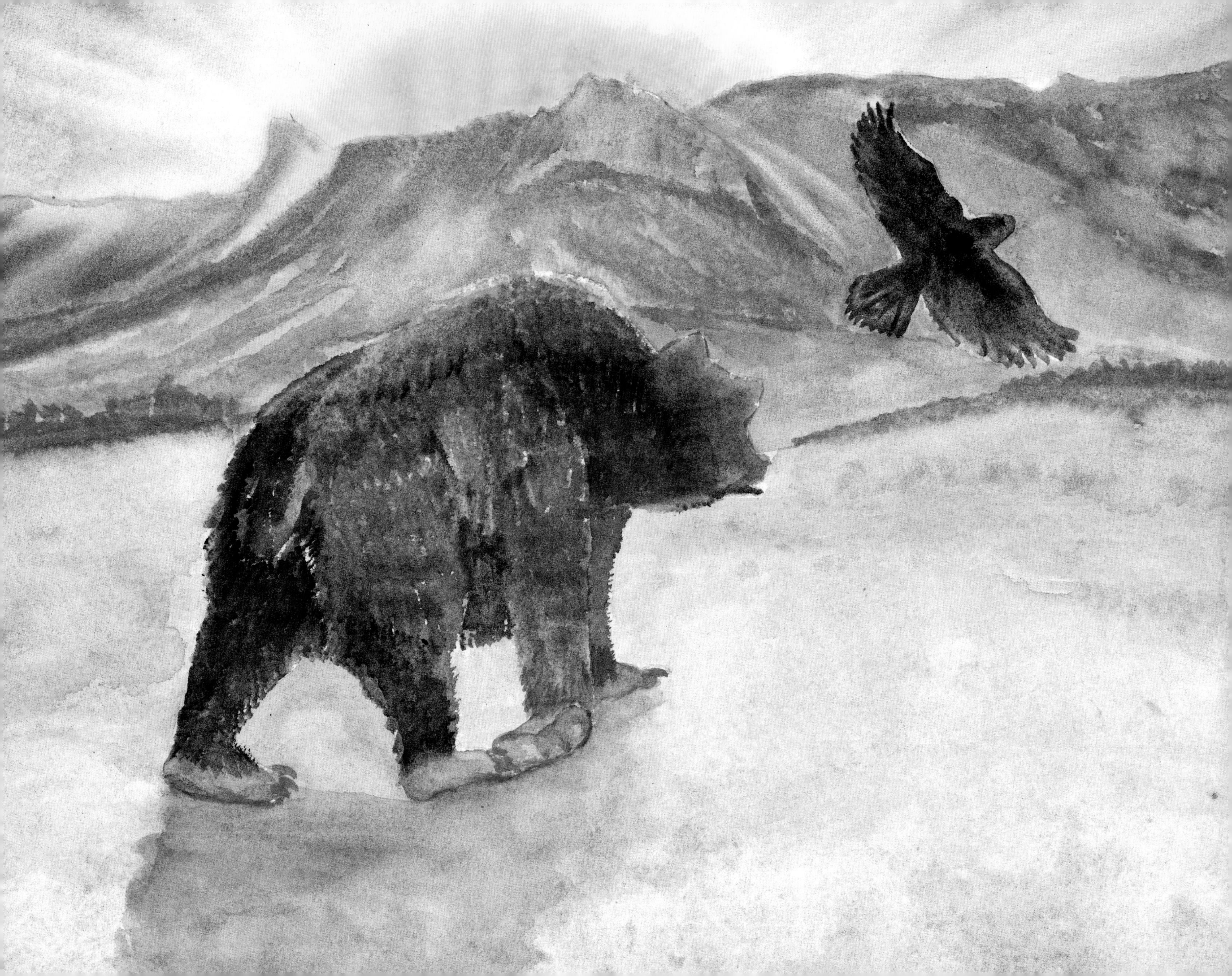